완벽하게
사랑하는
너 에 게

뻔하지만 이 말밖엔

완벽하게
사랑하는
너 에 게

뻔 하 지 만 이 말 밖 엔

그 림 에 다 에 세 이

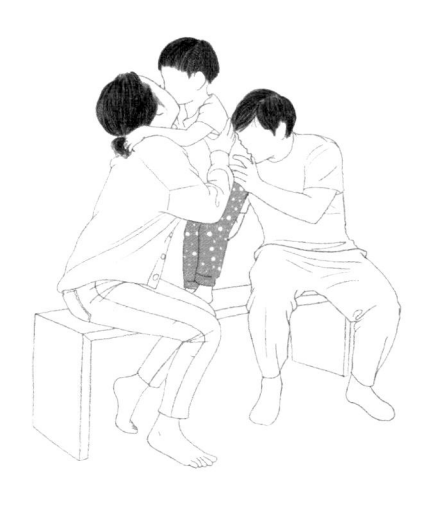

위즈덤하우스

행복한 가족을 꿈꾸다

SNS에 '그림에다'를 시작할 때는 육아 이야기를 하려던 것은 아니었다. 야근과 주말 근무, 그리고 구성원 간의 다양한 에피소드를 통해 직장에 다니는 아빠의 쓸쓸한 뒷모습 이야기를 하려고 했다. 하지만 육아 휴직과 동시에 직장에서의 기억이 하나도 떠오르지 않는, 당황스러운 일이 일어났다. 순식간에, 정말 순식간에 육아의 일상들이 기억의 공간을 점령해 버렸다.

어느 날, 집 안 청소를 하다가 아내가 쓰다 만 노트를 발견했다. 아내는 아이가 태어나기 전부터 그 노트에 기록하고 있었다. 몇 장을 넘기고 나니 바로 빈 페이지이기는 했지만 말이다. 육아가 바빠서 기록할 시간이 없었을 거라고 짐작할 뿐. 문득 아내의 일상을 짧은 글과 그림으로 계속 이어 주면 어떨까 생각했다. 선물을 좋아하는 아내에게 그것만큼 좋은 선물이 없을 것이라고……

그렇게 시작된 아내의 일상 이야기들이 SNS에서 조금씩 엄마들에게 다가가고 있었다. 하지만 아내는 냉소적이었다. 아내는 육아로 여전히 바빴고, 변함없이 바빴고, 한없이 바빴다. 아내는 더 지쳐 갔고, 더 예민해졌고, 급기야 예상치 못했던 곳곳에서 분노를 터트렸다. 물론 나와 자주 다퉜다.

하지만 시간이 지날수록 변하는 것이 있었다. 내가 하는 집안일이라고는 설거지와 쓰레기 버리는 것이 전부였는데, 점점 아내가 하는 일 속으로 들어가기 시작했다. 내가 비집고 들어가는 육아의 틈이 커질수록, 아내는 조금씩 온전히 자신만을 위한 시간을 늘려 갈 수 있었다. 그렇게 아내는 휴식을 통해 재충전이 가능해졌고, 그때부터 아내는 나의 기록에 관심을 갖고 때론 조언도 아끼지 않았다.

그 기록들은 마치 봉인이 풀린 것처럼 다른 관계에까지 영향을 주었다. 이를테면 늦은 귀가 후 삼십 분 정도 놀아 주던 내 모습이 바뀌어 갔고, 그로 인해 아이도 아빠를 이전과는 다르게 대했고, 재충전한 아내도 아이에게 더 많은 에너지를 쓸 수 있게 되었고, 이 모든 것들을 기록해 나갔다. 당연한 결론이겠지? 함께하는 시간이 많을수록 서로를 더 이해하고 다가갈 수 있다는 것을 몸으로 깨닫게 되었고, 이제라도 알게 되어 큰 행운이라고 생각한다.

이 책은 육아에 지친 '엄마'를 위로하고자 시작했지만, 거기서 멈추지 않는다. 가족의 구성원으로서 함께하는 시간 동안 서로를 이해하고 가족이 되어가는 과정을 중심에 두고 있다.

내가 누군가를 필요하다고 느낄 때, 누군가가 나를 필요하다고 느낄 때 삶의 존재 이유를 알게 된다고들 한다. 가족 안에 그 답이 있다는 걸 알기까지 지구를 한 바퀴 돌아온 느낌이다. 늘 그렇듯 답은 가까이에 있었다.

행복한 가족을 꿈꾸는 많은 엄마와 아빠 들이
이 책을 읽어 주었으면 한다.

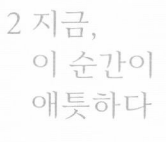

1
그렇게,
부모가 되었다

혼자가 둘이 되고
둘이 셋이 되고 나서야,
자식일 때는 몰랐던
부모가 되고 알게 된······

조금 일찍 들어온 날엔 아이와 목욕을 하고, 저녁을 먹고, 자동차 놀이를 하거나 그림을 그리기도 했다. 그러다 보면 이내 잘 시간이지만, 조금 늦게 들어온 날에도 간단히 씻기고 아이의 머리맡에서 책을 읽어 주며 재웠다. 이 정도쯤이 아빠의 역할이라고 생각했다.

처음 육아 휴직을 했을 때, 아이는 세 살이란 시간을 보내고 있었다. 아이와 단둘만 덜렁 남겨진 이른 아침, 아이는 동공이 흔들리며 계속 두리번거리다 결국 예상했던 말을 했다.
"엄마는?"

아이가 먼저 이야기를 꺼냈을 뿐, 나 역시 뭘 해야 할지 몰라 초조하고 불안했다. 밥 먹이는 것에서부터 외출할 때는 어떤 옷을 입혀야 하는지, 보리차와 물티슈 외에 뭘 더 챙겨 나가야 하는지…… 매 순간 아내에게 전화하기 바빴다.

아이와 단둘이 보내는 시간이 점점 더 길어지면서, 이 정도면 아빠의 역할을 제대로 하고 있다 생각했던 것들이 몇 차례의 좌절감을 맛보면서 얼마나 부족했는지 깨닫게 되었다. 아이와의 애착 관계는 결국 시간에 비례하는지 모르겠다. 함께 보내는 시간이 쌓일수록 아이가 좋아하는 것도 더 알게 되었고, 싫어하는 것들이 꽤나 나를 닮았다는 것도 알게 되었다. 아내를 바라보는 관점도 달라졌다. 잠자리에서 아내가 휴대폰을 보고 있으면 SNS를 하는구나 했던 것도 아이에게 필요한 용품들을 사는, 잠들기 전 마지막 육아를 하는 것이 보이기 시작했다.

아이와의 관계가 깊어질수록 아빠가 필요한 순간을 감지할 수 있게 되었고, 이제는 진정 아빠라는 말을 들을 수 있겠구나 싶다.

나는 서서히 아빠라는 이름에 물들어 간다.

그렇게,
처음

엄마면
뭐든 잘하고 잘 알고
그래서 잘 키울 것 같지만,
실상은 모르는 게 너무 많아
늘 속상하다.

기저귀는 지금 뭘 써야 하고,
분유는 다음 단계로 언제 넘어가고,
이유식엔 고기를 얼마나 넣어야 하는지,
밥을 안 먹을 때
잠을 안 잘 때
손을 빨 때
이를 갈기 시작할 때
어떻게 해야 할지 모른다.

그래서 엄마는 늘 불안하다.
엄마였던 적이 없기 때문에
지금의 엄마로서
최선을 다할 뿐이다.

내게 와 줘서
고마워
(뻔하지만 이 말밖엔)

요즘 자외선이
심하니까…

신상 컬러 립스틱을 사 볼까 하다가
네 얼굴을 보호해 줄
선크림을 먼저 산다.

이 수영복
너무 귀엽다!

예쁜 블라우스를 사 볼까 했지만
이미 작아졌을
너의 수영복이 떠오른다.

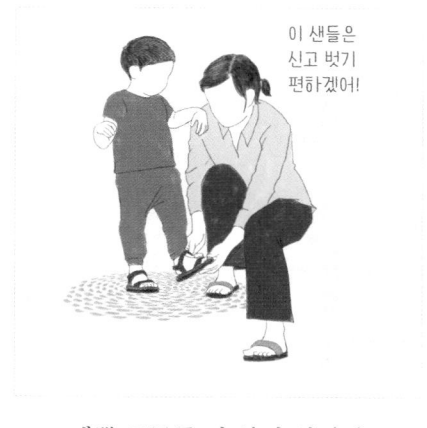

이 샌들은
신고 벗기
편하겠어!

예쁜 구두를 사 볼까 하다가
매번 없던 너의 샌들을 찾게 된다.

요즘 한창
공룡에
빠져 있으니…

오랜만에 서점에 들렀지만
너의 그림책을 먼저 고른다.

여자의 관심사는
엄마의 관심사로 모두 바뀌었지만
그
래
도

내게 와 줘서 고마워!

아내는 물건을 장바구니에 담아 놓은 채 몇 달을 보냈고,
결국 철이 지나 버렸다. #이번 가을엔 트렌치코트를 선물해 줄게.

엄마라는
여행

오며 가며 물을 적게 먹었나?

오늘따라 계란을 많이 먹어서일까?

간식으로 빵만 너무 먹었나?

오늘 채소를 너무 안 먹긴 했지.

참 많은 생각과 반성을 하게 만드는
아이의 된 똥
한
알
.
.
.

휴~
아이가 커 가는 만큼

엄마인 나도 잘 크고 있는 걸까?

달콤한
뭉클함

네가
목을 들었을 때
너의 손톱을 깎았을 때
첫발을 디뎠을 때
엄마라고 불렀을 때
처음의 그 뭉클함이란···

시간이 지나 그 처음들이
익숙함에 희석될 것 같아도

또

첫 등교를 할 테고
첫 여자 친구를 보여 줄 테고
언젠가 첫아기를 안겨 주겠지.

지루할 틈이 없겠다.
그렇게 우리에겐 평생 모든 게
처음일 테니.

하루
하루가
쌀이다

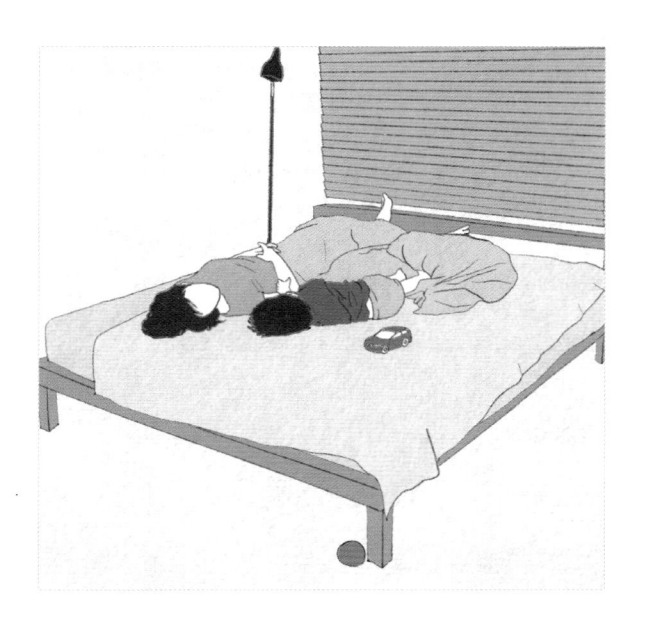

현관문을 열고 들어서자마자
육아가 시작될 걸 알지만
늘 퇴근을 서두르는 게 또 엄마의 마음.

먹이고 씻기고 겨우 너를 재우고 나면
그제야 보이기 시작하는
거실 장난감들과 설거지, 그리고 빨래…

침대에 누워 네가 필요한 용품들을 쇼핑하고 나서야
마무리되는 게 워킹맘의 하루.

내가 집으로 출근하는 건지
회사로 퇴근하는 건지
매일매일 반복되는 지금의 일상 속에서

어제와 오늘이 크게 달라 보이지 않아도
너는 매일매일 달라지고 있다.

너는
그리움

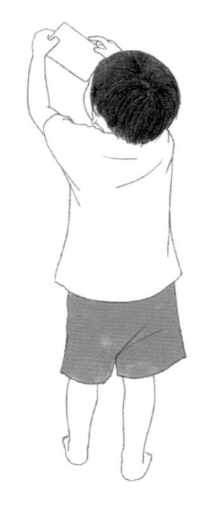

첫걸음마를 기다리던 게
엊그제 같은데…

혼자
밥을 먹고
화장실을 가고
여전히 모든 게
신기하고 기특하면서도

언젠가는
내 품에 안겨 놀던
지금이 그립겠지?

부모가 된다는 것은
다가올 그리움을 견뎌 낼
준비를 하는 것.

보고 있어도
그립다

아들이 어린이집에서 베프가 생겼다.
베프와 찍은 사진을 SNS에 올렸더니

"정말, 축하해 줘야 할 일이네요."
하는 댓글이 달렸다.

부모 말고
처음 마음을 의지할 수 있는 친구가
생겼다는 것,

조금만 더 놀고…

이제 집에 갈까?

고마운 일이면서도
못내…

씻고 잘 자야
또 어린이집 가지~

… 서운한 마음이 든다.

피곤했는지
금세 쌔근거리며 잠든 널 보며
보고 있어도 그립다는 말
엄마가 되고 이해되는 말!

엄마 마음,
알다가도 모를

집에서만 깎다가
배냇머리 빠지고
미용실 첫나들이.

미용가운을 두르자마자
눈물 콧물 쏙 빼며
어찌나 서럽게 울던지…

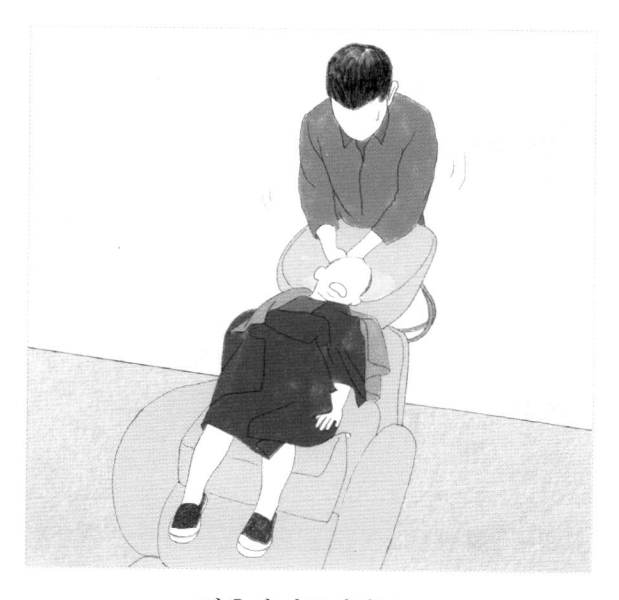

마음이 아프면서도
어떻게 나올지 기대가 앞서는 게
엄마 마음.

그동안 잠 못 자면서
이리 돌리고 저리 돌리며
만들었던 네 두상이 예뻐

또 한번 므훗한 미소를 짓는

이런 게
엄마 마음.

두상은 유전적 영향이 크다는 의견도 있다.
유전의 힘도 거스르고 싶은 게 엄마 마음.

그렇게
아빠가 된다

먹는 속도가 답답해
숟가락을 크게 떠먹여서
아들이 토한 적이 있다.

아내는 아들이 식탁에서
밥을 다 안 먹어도 보채지 않았다.

책도 보고 장난감도 가지고 노는 사이
자연스레 밥그릇이 비워졌다.

잠깐이었지만
육아 휴직 하길 잘했어…

아빠가
천천히 걸을게.

하지만 아내도 엄마였던 적이 없어
단지 최선을 다하고 있을 뿐이라는 것을
아들과 제법 시간을 보낸 뒤에야
깨닫게 되었다.

아들을 잘 아는 것이
아빠의 시작이란 걸 알기까지
시간이 꽤 걸린 셈이다.

그렇게 아빠가 된다.

네가 세 살이 되던 해에 네가 꼭 들고 다니는 것이 자동차이듯
아빠도 꼭 갖고 다니는 게 생겼다. #아들 변기

아빠만 아는
처음

네가
목을 가눴을 때
첫발을 디뎠을 때

아빠는
회사에 있었다.

그렇게 너의 처음을
함께하는 못했지만

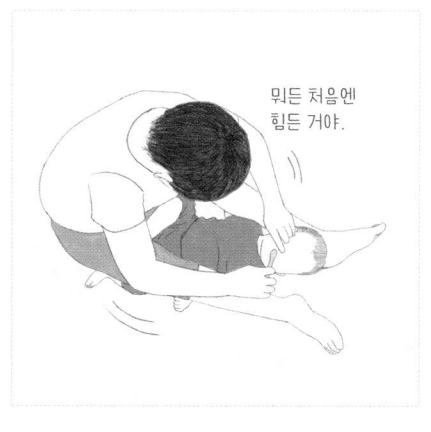

처음 치아를 닦아 주고
처음 목욕을 시켜 보는

언젠간
알아주겠지…

동물원 처음 왔는데
잠들면 안 되는데…

그렇게 아빠에게는
아빠만 아는 처음이 있긴 해.

비록 우리의
처음은 엇갈렸지만

함께 산책하듯 걷다 보면
언젠가 발이 맞을 날이 오겠지.

굳은살

예전 아버지의 손엔
굳은살이 있었다.

지금 아버지가 된 내 손엔
굳은살이 없다.

그래도 그때의
아버지와 같은 건

쉽게 흔들리지 않을
마음의 굳은살이

점점 더
두꺼워지고 있다는 것.

아빠가 되고 나서야 알게 된 사실은
나는 아무것도 몰랐다는 것이다.

관심사

바다 생물을 즐겁게 먹기만 하던 내가
문어가 화나면 빨간색이 된다는 걸 알게 되고

곤충을 만지지도 못했던 내가
달팽이가 당근을 먹고 오렌지색 똥 싸는 걸 보고 있고

티라노사우루스도 겨우 외웠던 내가
스테고사우루스가 뇌가 작다며 춤을 추고

니모의 원래 이름엔 관심도 없던 내가
말미잘에서 산다는 것까지…

관심 없던 관심사들이
스멀스멀 나의 머릿속을 채워 가는 게
언젠가부터 그리 싫지만은 않다.

토요일의
양심

휴일 아침
주중 계속된 야근으로
침대에 누워 있던 아빠!

문틈으로 아내와 아들의
책 읽는 소리를 듣다가

중간중간 아빠를 찾는
아들의 목소리에

눈만 감고 있던 양심은
결국 거실로 엉금엉금.

아빠에게 토요일 오전은 어쩌면 정지된 시간이다.
하지만 육아가 시작되면서부터 토요일 오전의 휴식이란
없던 일이 되어 버린 지 오래. 그럼에도 눈만 감고 뭉그적뭉그적.
그러다 등 뒤로 소름이 돋는다. 아내가 보고 있다.

관전
포인트

놀다가 아들이
날 친 적이 있었는데

'이제 꽤 아픈데….'

돌아보니 아내는 이미
그로 인해 곤욕을 치르고 있었다.

"나 여기 멍든 거 보이지?"

상처와 사랑을 주고받는 것이
부모와 자식 간의 관계라 했던가.

그래서
10킬로그램 쌀은 못 들어도
10킬로그램 아들은 번쩍 드는
아내의 미스터리 전투력 레벨 업 역시,

그냥 지나칠 수 없는
관전 포인트.

아들이 커갈수록 우리는 작아진다.

어여쁜 사람의 향기

아내가 쓰던
향수가 있었다.

언젠가부터 그 냄새가
기억나질 않는다.

집 안 가득
생선 냄새, 이젠 익숙해진 음식물쓰레기 냄새
그리고 아들의 똥 냄새까지

지금의 삶을 지탱하고 있는
이 냄새들…

아내의 향기가
그리워질 만도 하지만

"왜? 나 향수 하나 사 주려고?"
"아니, 삶의 향기가 더 좋은데…."

거울

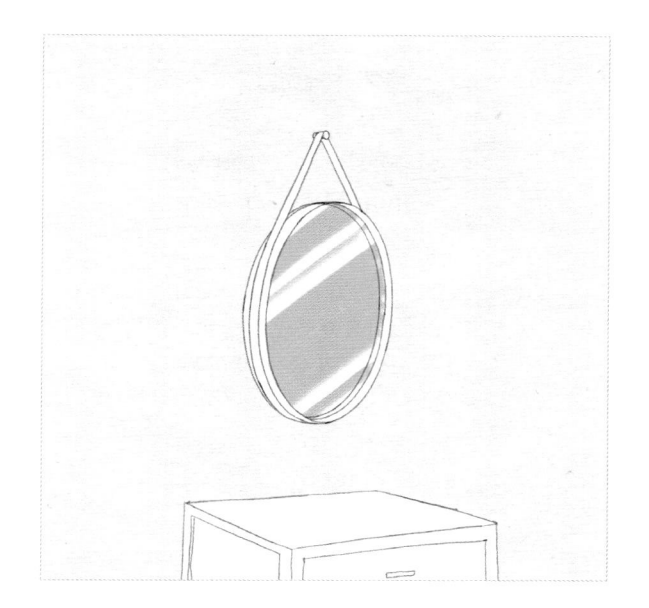

예나 지금이나 외출 전
아내는 거울을 본다.

예전에는
뭘 입을 건지…
그걸 묵묵히 바라보는 시간이
꽤나 길었던 것 같다.

하지만 언젠가부터 아내는
아들의 외출 준비를 먼저 한다.
"좀 치워 놓고 가자."
"보리차 챙기고."
"요구르트도 두 개는 가져가야겠다."

그러고 나서야
거울 앞에 선다.

눈썹 한 줄
립스틱 한 번

그렇게 자신을 보는
시간이 꽤 짧아졌다.

그럴 때마다
그리워지는 건…

온전히 자신을 위해
거울을 보던
아내의 모습.

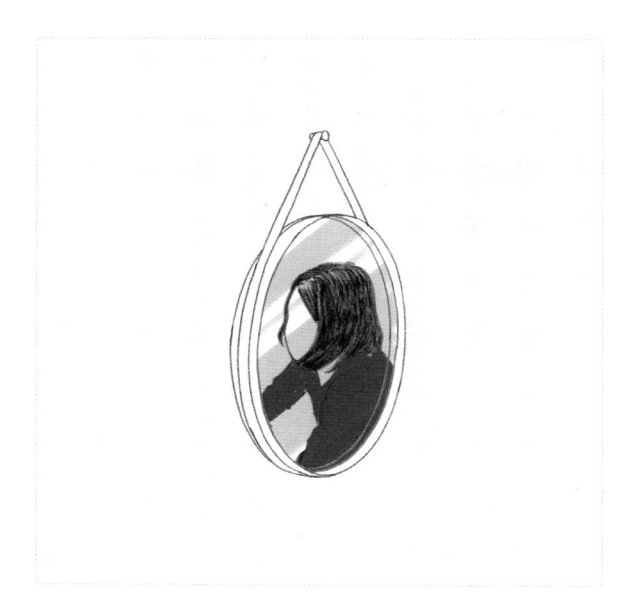

아내의
쉼표

일어나자마자
등원 전쟁이 시작되고

겨우 시간 맞춰 보내고 나면
밀린 집안일에 쉴 틈 없고

끝이 보이지 않는 집안일에
금세 하원 시간은 다가오고

엄마 허리
나가겠다ㅠㅠ

돌아오면
함께 노는 것도 일.

어느새 저녁 준비를 알리는
해가 저물어도

엄마
나가 있어도 될까?

안 돼!

육아는 끝이 없다.

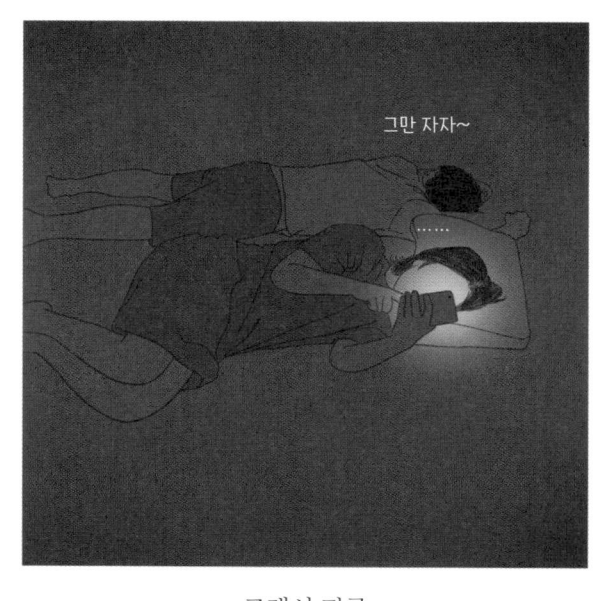

그래서 지금
아내에게 필요한 건
마침표가 아니라
쉼표

나의
엄마처럼

하고 싶은 일만 하던 내가 하기 싫었던 일도 하고,
꼭 쥐고 놓지 않으려던 일을 포기하게도 되고,
힘든 건 피하던 내가 힘든 일을 도맡아 하고,
받기만 하던 내가 한없이 주기를 망설이지 않는다.
그렇게 난 나의 엄마처럼 너의 엄마가 되어 간다.

— daisyday777 —

비로소

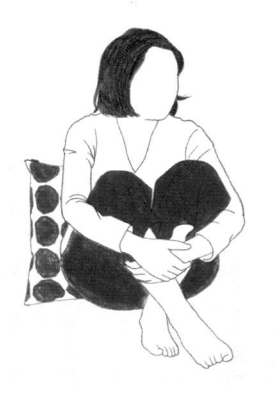

엄마가 되고 깨닫는다.
포근한 나의 꿀잠이
당신의 숱한 쪽잠의 나날들의 결과라는 걸…
내가 아플 때 담담하던 그 표정 뒤에
얼마나 많은 눈물이 숨겨져 있었는지를…
내 하루하루의 평안함은
당신의 땀, 눈물, 젊음의 값이었다는 걸…
그리고, 엄마보다 더 좋은 엄마가 되는 게
얼마나 힘든 일인지를….

— Joo Yeon Park —

내 아이를
보며

스스로 크는 것이라고 생각했다.
낳으면 저절로 큰다라는 말을 믿었다.

아이를 낳고 기르며 깨달았다.
스스로 크는 사람은 없다는 것을.

누군가의 수고와 눈물 없이는
스스로 자랄 수 없음을
내 아이를 보며 깨달았다.

— plusryu21 —

당신이
있어

손주 얼굴 보고 싶어 하실까 봐 영상통화하면
손주 재롱에 한참 웃다 마지막에 하시는 말씀!

이제 내 딸 얼굴 좀 보자.
나는 내 딸이 더 보고 싶다.

— ssunny_crong —

엄마의
온도

아가야, 그거 아니?
엄만 너와 함께하는 두 번째 겨울도
좀 덜 따뜻하게 챙겨 입는단다.

혹시나 내가 느끼는 추위가 옷에 가려져
네 추위를 챙기지 못할까 봐….

— Joo Yeon Park —

계속
사랑하는 수밖에

너는 우리의 사랑을 받고 자라고
우리는 너에게 사랑하는 방법을 배운다.

— sseolming —

발냄새

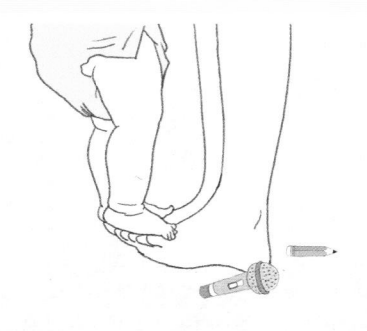

내 새끼는 발냄새도 달다.
남편 왕발에서 나는 그것과는
격이 다르다.

세상 기분 좋게 노닐던 발과
종일 스트레스 짊어지고 다닌 발이 같다면
그것도 이상한 일이겠지.

저 쉰내도
누군가에겐 단내였으리라.

— 데일리 —

외출

옷장을 열었더니 입을 옷이 없네.
몸에 맞게 입었더니 나갈 수가 없네.

— mina.kang.507 —

시간이 안타깝게
흐르기 시작했어

갓 태어나 꼬물거릴 땐 언제 커서 기어 다니나 했고
이유식 만들다 지칠 땐 언제 커서 같이 밥 먹나 했고
배변 연습하다 바지에 실수할 땐 언제 커서 팬티 입나 했는데…

어느새 이만큼 자라
신발 신는 것도 내가 내가~
밥 먹는 것도 내가 내가~
옷 입는 것도 내가 내가~

그렇게 안 가던 시간들이 요즘은 왜 이리 빨리만 가는지….

— 이신아 —

어쩌지?

낮에는 힘들다 언제 크냐.
잘 때는 크는 게 아쉽구나.

— oseparissnap —

2

지금,
이 순간이 애틋하다

문득, 지나던 골목길 앞에 서서 사진을 찍었다.
지나고 나면 다시 오지 못할 것 같아서…

휴대폰 용량이 아들 사진으로 꽉 찼다.
매일매일 정신없는 일상에 빼곡히 들어 있는 사진들을
꼼꼼히 볼 일이 없겠지만,
언젠가는 지금 이 순간들을
다시 꺼내 볼 거란 걸 우린 알고 있다.

아이가 뽀로로의 중독에서 벗어나 여느 남자아이들처럼 카봇을 좋아하기 시작했다. 하지만 언젠가부터는 공룡을 한참 좋아하다가 (브라키오사우루스, 트리케라톱스, 스테고사우루스…. 대부분 공룡들은 이름이 너무 길어 때론 어른도 외우기 힘들다.) 자동차에 한참 빠지는가 싶더니 (그동안 아이와 함께 산 100여 대의 자동차는 나중에 인테리어로 진열을 해 볼까 생각 중이다.) 유튜브에서 본 식충식물이 파리를 잡아먹는 모습에 매료되어 한겨울에 '파리지옥'을 사 오기도 했다. 식충식물만 파는 꽃집에서 겨우 찾아냈다. (하지만 결국 파리나 모기가 없는 겨울이다 보니 파리지옥은 금세 죽고 말았다.) 지금 아이는 쇼핑몰에서 본 할로윈 데이 해골 옷을 입은 캐릭터에 푹 빠져 있다. 고무찰흙으로 해골을 함께 만들고 있다. 그런 관심이 이어져 인체에 대해서도 궁금해하기 시작했다. 아이에게 《인체의 신비》란 책을 읽어 주던 아내가 말했다.

"우리 아이는 커서 뭐가 될까?"

아이가 커 가는 과정을 지켜보며 우리는 종종 이런 말을 주고받는다. 나는 지켜보고 싶다. 그냥 내버려 두는 것이 아니라, 뭔가 개입하려는 마음을 꾹꾹 누를 생각이다. 커 가는 과정을 깊게 들여다보면서 아이가 조언을 구할 때면 짧게 몇 마디 해 주는 정도에서 부모의 역할을 하고 싶다. 아이의 머릿속이 나나 아내의 생각으로 꽉 차길 바라지 않는다. 아이의 상상력을 담을 수 있도록 아이의 머릿속을 비워 주고 싶다. 가만히 지켜보는 것, 제일 힘들다는 걸 알지만 내가 할 일이 그것밖에 없다.

아이의 미래에 대해 뭔가 예상할 수는 있겠지만 무엇을 할지 결론을 내리는 것은 오로지 아이의 몫이어야 한다. 여행의 궁극적인 목적이 도착이 아니라 과정이듯이 말이다.

문득,
그리움

이제 그만 볼까?

옥토넛 다음 화까지만 볼게.

이제 밥 먹을까?

조금만 더 놀고.

그만 눌까?

아직 안 끝났어.

나 지금 청소 중이거든…

겨우 식탁에 앉혀도
5분을 앉혀 두기 힘들어
매일매일
실랑이하지만

저 발이 닿으면
같이 식사할 일이
많진 않겠지….

주말의
의무

엄마, 내일은
집에 있는 날이에요?

!!

이번 주도 너무 정신이 없어
남편도 나도 아이와 함께할
주말 계획을 세우지 못했다.

신나게 놀아야 할 텐데
내일 뭘 해야 하나…

그래도 늘 새로운 경험을 주고 싶다 보니
뒤늦게 시작된 주말 고민…

우리 캠핑 갈 건데
같이 갈래?

때마침 친구에게 전화가 왔다.

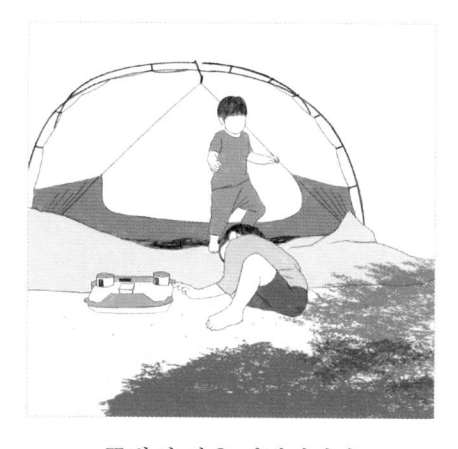

뜻밖의 짧은 여행이지만
새 친구와 즐겁게 뛰논다.

그걸 바라보는 엄마가
더 만족스러웠던 하루!

다음 주엔 뭘 하지?

평소보다 이르게 네가 잠들고 나면
엄마는 멈춰 뒀던 생각을 다시 꺼낸다.

돌아오는 차 안 조금은 찬 공기에
얇은 이불을 덮어 주며
문득 혼잣말을 하게 된다.

언젠가의 주말엔
네가 날 데리고 오렴.

지킬박사와
하이드

정리하고 또 정리하고
먹는 것보다 흘린 게 더 많고
현관문 나서면 응가하는 게
반복되는 일상.

그런 와중에도
매번 손을 씻기고
뭐든지 깔끔하게 정리하는 아내가
대단하게 느껴질 때가 있다.

해가 지면
아들을 재우고 나서
냉장고 안 맥주 캔을 꺼내다
나는 좋은 아빠일까?
반성하는 나를 발견하면서도

해가 뜨고
아들이 깨고
다시 정신없는 일상이 시작되면
감수성 저미던 밤새의 기억은
모두 사라진다.

네가 없었다면
평범했을 순간

현관문이 열리는 소리에

콩캉콩캉 달려오는
너의 발소리.

오늘 하루는 어땠니?
밥은 많이 먹었어?

물어볼 겨를도 없이
품속에 꼬옥 안긴다.

엄마 지저분해~,
엄마 씻고 놀자.

그럼에도 아랑곳 않고
더 깊이 꼬옥 안긴다.

그래,
엄마가 네 인생에
전부일 수 있는 순간

지금!

일보다 중요한 건
내가 지금 일을 하고 있는 이유.

달라지고
있다

처음
어린이집에 데려다주던 날,
아이의 글썽이는 눈망울을 뒤로 하고
어린이집을 나섰다.

돌아오는 길
한 걸음 한 걸음이
어찌나 무겁던지…

하지만 새로운 환경 속에서
새 친구도 생기고 잘 지내는 모습에
그런 마음은 금세 무뎌진다.

네게 새로움이 쌓이는 만큼
왠지 서운함도 쌓인다.

아빠는 지금을 더디게 갈 방법을 생각해 보지만
너는 더더욱 필사적으로 앞으로 나아가고 있다.

지금,
행복하자

지금은 해 줘야 할 게
너무 많아
정신없고 지치지만

언젠간 해 줄 수 있는 게
너무 없어
이때가 그립겠지.

지금
해 줄 수 있을 때
많이 해 줄게.

그때는 힘들어도 지나고 나면
아쉬움이 남는 것 중에 하나가 육아 아닐까?

타임머신을 타고 다시 돌아가도
또 아쉬움이 남는다면

지금 행복하자.

천천히
크렴

요즘은 어디서든 무심결에
휴대폰을 보는 사람들을
흔히 볼 수 있다.

이렇게나 맑은 가을 하늘을 뒤로 하고…

뭘 계속 확인할 게 있나 싶지만
나 역시 휴대폰을 보고 있다.

그러다 문득 사진첩을 열고 보게 된
아들과의 가을 나들이 사진들.

요만 할 때가
있었지…

이땐 꽤나 힘들었던 것 같은데
다시 보니 웃음만 나오네…

휴대폰 속에 고스란히 담겨 있는
추억을 거슬러 올라가다 보면

먼 훗날이 마냥 멀리만 있을 것 같아도
벌써 아들은 다섯 살이 되었고
시간엔 더 가속도가 붙을 요량이다.

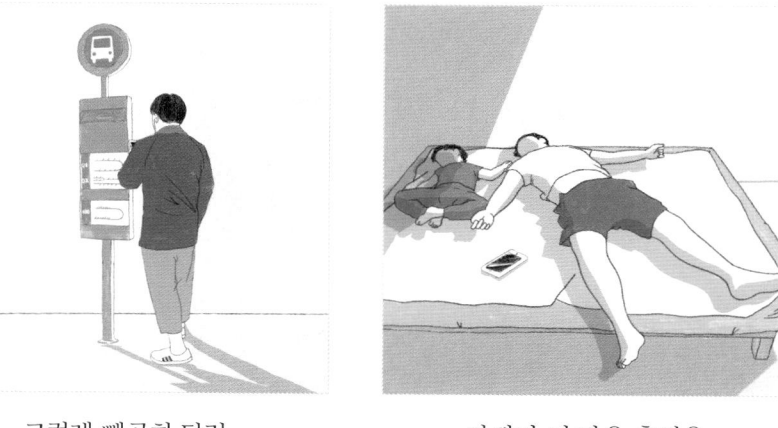

그렇게 빼곡히 담긴
아들과의 추억에 파묻혀
꽤 괜찮은 하루가 되어
집으로 돌아온다.

아빠가 더 많은 추억을
언제든 꺼내 볼 수 있게
천천히 크렴.

이따
뭐 먹지?

회사 점심 메뉴
정하는 것보다
더 고민이 되는
아들의 식사 메뉴.

밥을 잘 먹어야
낮잠을 푹 자고
그래야 아빠도 쉬고
깨면 또 놀아 주고…

한 순간 어긋나면
악순환이 시작되지만

지금이 아니면
만들 수 없을 추억.

머리로는 '아이와 함께하는 순간이 행복'이라고 해도
뭉친 어깨와 굳은 목근육은 늘 그 생각에 이의를 제기한다.
하지만 우물우물 말을 시작하기 무섭게 "사랑해요~!"라며
아이가 사랑받는 기쁨을 표현할 때 그 순간이 곧 부모에겐
어제까지의 보상이자 앞으로의 에너지에 밑천이 된다.
긴 고단함 뒤에 잠시의 피드백.
어쩌면 아이를 키운다는 건 이 둘의 무한반복이 아닐까?

그렇게,
추억은 밴다

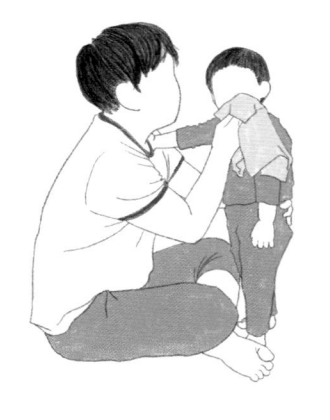

침 닦고
콧물 닦고
몸의 물기도 닦고
엉덩이도 닦다 보니

어느새 누레진
가제수건

낡아 가는 것이
아깝지 않다.

그만큼
깊어졌을 테니….

나의
샤넬 No.5

엉덩이를 깨문다.
발 냄새를 맡는다.
머리카락은 코로 움켜쥔다.

나도 모르게
한 번 더
반복한다.

조금 더 크면
이럴 수 없을 테니…

킁킁킁~
냄새를 맡으면서도
그립다.

왜 아이한테는 달콤하고 포근한 냄새가 날까?
#우리집 향수

돌아갈 수 없는
시간

목욕은 아빠와 아들 둘만의 시간.

늘 목욕할 때마다 느끼는 거지만

아들의 뒤태를 볼 때마다
빨리 자라고 있다는 생각이 든다.

지금은 머리 감기는 것도 일이지만

머지않아 머리도 스스로 감을 테고

스스로 할 수 있는 일이 많아진다는 게
못내 반갑지만은 않다.

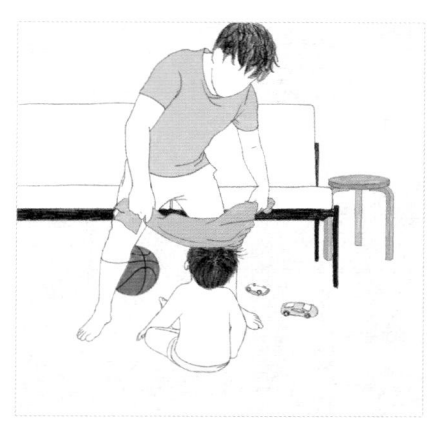

되돌아볼 수는 있지만

옷은 입고 놀자!

되돌아갈 수는 없는 시간.

조금만 더 놀고…

발톱도
깎아야겠구먼.

지금이니까 할 수 있는 일이란 게 분명히 있다.

사춘기가 지난 자식과 목욕을 한다는 건, 어쩌면 어색함을 씻는 시간이 될 수도 있겠다.
그러지 않기 위해서라도 나는 아들과 목욕만은 자주 하려고 한다.
지금이니까 할 수 있는 일들, 그렇게 생각하면 소중하지 않을 리가 없다.

매일 아침
여덟 시

"키즈카페 가고 싶어!"
"물고기 보러 가고 싶어!"

아침 출근길마다 벌어지는
아들과의 실랑이.

"지금은 엄마가 출근해야 하니까 주말에 다 가자."

아들의 눈시울이 뜨거워지기도 전에
얼른 뒤돌아선 발걸음이 바빠지기 일쑤.

아들은 단지…
엄마와 함께 있고 싶었을지도…

먼 훗날엔
내가 너에게 그렇게 말하겠지.

지금을 그리워하며….

아빠 오늘
회사 가요?

주말 아침
예상치 못한 알람이 울린다.

이불로 산과 터널을 만들어
자동차 놀이를 시작하지만…

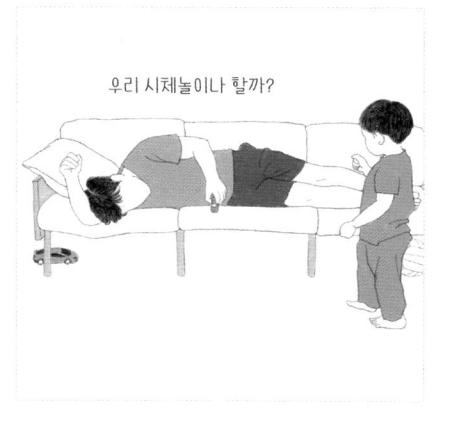

거실로 나오면
소파가 다시 침대가 되는 게
주말 아침의 풍경.

그때 무심코 아들이 던진 한마디,
"아빠! 오늘 회사 가요?"

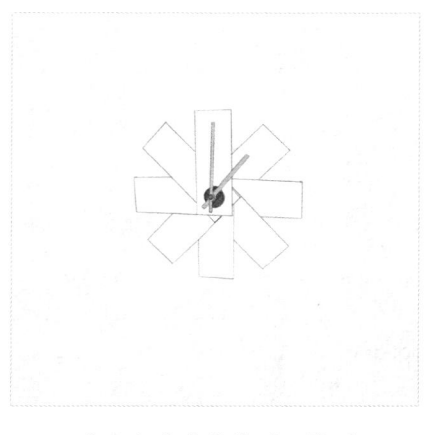

어쩌면 아이에게 필요한 건
단지 아빠와의 시간뿐.

"아빠가 걸레도 아니고
방바닥을 쓸고만 다닐 수는 없지….
그래, 일어나자!"

그래 네가 다섯 살인 시간이
지금밖에 없듯

다섯 살인 너를 보는 아빠의 시간도
지금밖에 없으니까!

주말이란 게 아이는 아빠와 놀고 싶고 아빠는 휴식이 필요한, 엇갈린 시간이다.
하지만 아이가 내 에너지라고 생각을 바꿔 보면
아이로부터 에너지를 듬뿍 받을 수 있는 시간이기도 하다.
좋은 날씨! 이번 주말은 아이와 함께 나들이 가 볼까?

아빠에게
아이와의 추억이
필요한 이유

아빠 참석을 권유하는
유치원 통신문을 보고
하루를 비워
가을 소풍을 가기 전날 밤,

물티슈, 간식, 여벌옷, 샌들, 수건…
이렇게 준비물이 많은 줄 몰랐다.

친구들과는 잘 지내는지,
선생님과의 관계는 어떤지,
춘천으로 가는 기차를 기다리며
아들의 유치원 생활이 궁금해졌다.

하지만 모두와 아주 잘 지내는 모습에
그런 의구심은 금세 무뎌졌다.
오히려 집에선 볼 수 없었던
의젓한 모습에 놀랐다.

일정을 마치며
친구들의 이름을 부르는 모습이
어찌나 대견하던지…

돌아오는 길 의자 밖으로 몸을 붙여
잠든 아들을 누이는데
아들이 속삭인다.
"아빠! 내일도 나랑 놀 거지?"

지금은 네가 아빠와 있고 싶다고 속삭이지만
언젠간 아빠가 속삭이게 되겠지….

퇴근 후 결과만 듣는 게 아니라
아이가 커 가는 과정을 함께해야 할 이유는
어쩌면 아빠를 위해서다.

층간 소음

마냥 뛰어놀 수 있으면 좋겠지만
아파트 1층이 아닌 이상
부모는 늘 초조하다.

엄마는 괜히 까치발이 되고
아들은 언제나 우사인 볼트.

아들에게 잔소리 아닌
잔소리를 하지만

그 말이 아들의 귀에
들어올 리가 없다.

아들의 친구가 놀러 오는 날이면
그 날은 모든 걸 내려놓게 된다.

집에선
걸어 다녀야 해요~.

늦은 밤 아랫집에
사람이 없길 바랄 뿐이다.

엘리베이터를 탈 때마다 심장이 떨린다.
아랫집 사람을 만날까 봐.

기-승-전…입

놀이터의 모래
문틈의 먼지
줍지 못한 쌀알

호기심 어린 아들의 눈이
쉽게 지나치는 게 없다 보니

그런 아들의 눈썰미를
아빠의 눈썰미가 보고 있다.

뭐가 입으로
들어갈지 모르니까.

아이를 키우다 보면 뭐든지 입으로 들어가는 그런 시기를 겪게 되고
세상에 대한 호기심이 잔뜩 부풀어 오르는
시기라고 하니 말릴 수도 없고
(물론 말린다고 말을 들을 시기도 아니지만).

부모의 역할이란 게 계속 예의 주시하는 수밖에.
그러다 보니 눈썰미가 생길 수밖에.
아이 때문에 새로운 능력을 개발하다.

지각의
명분

잠을 설친 것도 아닌데
출근 시간이 다 되어야
눈이 떠진다.

최소한의 출근 준비로
현관문을 나서려는 순간,

아들이 손을
잡는다.

자동차 놀이를 하자는
아들과의 실랑이에

출근 시간이
또 늦어지지만

내가 널
이길 순 없지.

100번을 해도
처음 같은 일

"이게 뭐야?"
질문 또 질문.

"뽀롱뽀롱 뽀로로"
계속 듣는 너의 십팔번.

"까꿍! 까꿍!"
몇 번이고 너를 찾는 일.

100번을 해도
처음 같을 일.

크고 나면
기억 못 하겠지만

네가 누군갈 돌봐야 할 때가 되면
기억이 날 거야.

아빠도 그랬거든.

어떻게 못 듣지?
어떻게 잘 들리지?

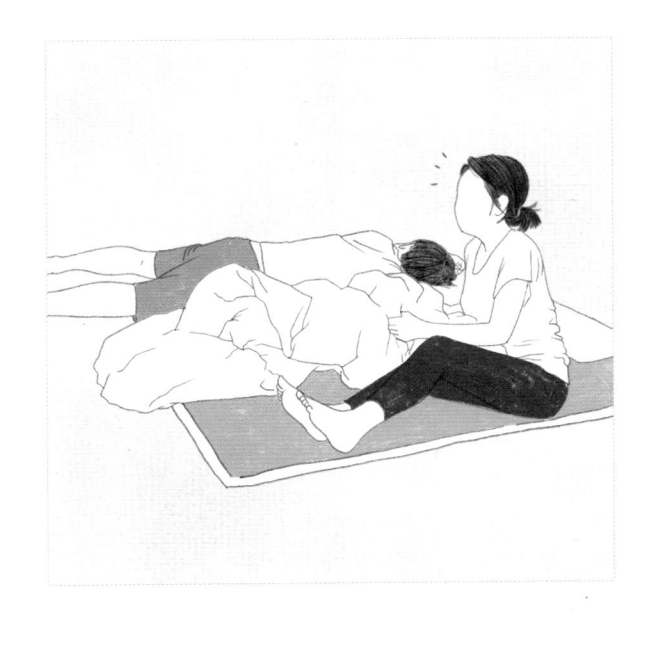

엄마 입장

한밤중 아이의 울음소리.
수면 부족 좀비 상태지만
무의식 중에 천근만근 몸을 일으킨다.
근데 왜 남편 귀에는 안 들릴까?
희한하네….

아빠 입장

한밤중 아이의 울음소리.
그냥 두면 그치겠지….
3분 뒤에 일어나려 했건만
아내가 먼저 일어난다.
고맙게도….

남편 코 고는 소리는 상관 안 해도
아이 숨소리엔 눈이 번쩍 뜨이는 아내는 초능력자.

우리
대화를 나눠 볼까?

지금까지도 영어를 배우며 드는 생각은

서로의 언어를 배운다는 것
서로의 생각을 소통하는 것
그것만큼 어려운 게 없다는 것.

아이와 맞닥뜨린 상황도
별반 다르지 않아서

만 번을 반복해 쓰고서야 잊지 않게 된
영어 숙어처럼

아이의 울음소리도
처음엔 다 같아 보이지만 수만 번을 듣다 보면

배가 고프다는 얘긴지
옷이 갑갑하다는 얘긴지
조금씩 알게 된다.

그것이 아빠가 범접할 수 없는
엄마와 아이의 대화의 경지!

간질~
간질~
간질~

그럼에도 풀리는 피로

엄마도 쉽지만은
않은 순간

훈육 후 꼭 안아 주기

나왔다! 시원하지?

엄마가 더 시원해~

엄마를 쉬게 하자.

정말???

엄마가 없을 때

거실 풍경

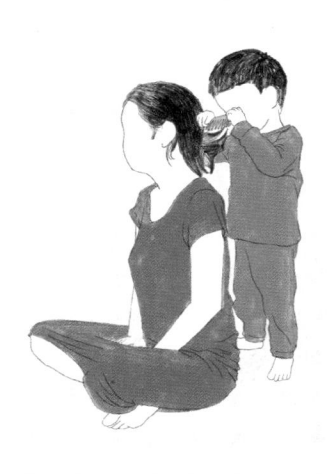

내가 볼 수 없는 곳
내 손이 닿지 않는 곳
그 곳에 내 아이의 마음이 닿는다.

언제 이렇게 컸지?

지친 하루였어도
내 화면이 네 얼굴로 가득 차면

안구 정화의 순간

엄마… 회사 가지 마…
엄마가 오늘 일찍 들어올게….

지키고 싶은 약속

카봇! 도와줘~!

금세 그리워질 순간

뽀뽀~

부릉부릉~

아들의 놀이
엄마의 사랑

멈추지 않는 것들

3
행복,
주는 사랑이 더 행복하다

미안하다
미안하다
미안하다
……
아이를 키우면서
더 주고 싶지만 주지 못한
부모의 미안한 마음을 알았을 때
거짓 하품을 크게 한 번 한다.

주말 아침이면 아내는 테이블 세팅을 하고 식빵과 치즈, 그리고 제철 과일을 준비해 놓고 거실에서 놀고 있는 아이와 나를 부른다. 아이와 내가 식사를 하는 모습을 거의 매주 기록해 인스타그램에 올리는데 1년이 조금 넘었다. 전통적인 한식의 환경에서 자란 나는 익숙하지 않아 처음엔 다시 밥을 차려 먹은 적도 몇 번 있었다. 하지만 익숙함의 힘이 대단한 것이 언젠가부터 그렇게 주말을 시작하지 않으면 뭔가 주말이 아닌 것 같은 기분이 들 정도다. 익숙함이 힘을 발휘하게 만든 아내의 성실함도 대단하다.

한번은 금요일 밤 잠들기 전에 아주 사소한 일로 아내와 다툰 적이 있었다. 토요일 아침에 눈을 뜨면서 이번 주말은 편치 않겠구나 생각했다. 아내는 이미 일어나 여느 때와 마찬가지로 주말 아침 식사를 준비하고 있었다. 어젯밤의 다툼은 휘리릭 사라진 지 오래.

아내도 주말에는 늦잠을 자면서 쉬고 싶을 텐데, 조금 일찍 일어나 브런치를 준비하는 아내의 마음이 나에게 닿았다. 아내의 수고가 아내의 행복으로 변하는 시간이었다. 맛있는 음식을 먹는 아이와 나보다도 더 행복해 보인다. 아이의 밥 잘 먹는 모습만 봐도 행복해지는 그 기분을, 나도 어렴풋이 알고 있다. 그 배시시한 기분을.

아내의 수고로움이 지난밤의 다툼으로 상한 기분을 덮어 주었다. 아내는 자신의 기분보다 가족의 행복을 더 중요하게 생각하고 있었다. 그 이후에도 아내의 성실함은 충분히 빛을 발하고 있다. 우리 가족의 평온함을 위하여!

이번 주말 아침에도 아내는 여지없이 멋진 브런치를 차렸다. 아이와 내가 그걸 먹는 모습을 흐뭇하게 바라보는 아내의 눈길이 느껴진다.

주는 사랑이 더 행복하다.

생선 가시를
바르는 마음

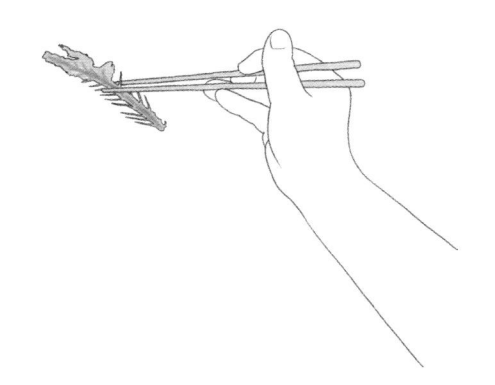

어릴 적 기억에 아버지가
고등어 뼈도 몸에 좋다며
드시던 기억이 난다.

그럼에도 내가
뼈를 먹은 기억은 없다.

나는 생선 가시를 잘 바른다.
살점을 남김없이 깔끔하게 바르는 모습은
늘 아내를 놀라게 한다.

가시가 없는 걸 확인하고
큰 살점 하나를 집어 아내에게 준다.

그럼 다시 아내는 그걸 잘게 쪼개
아들의 밥에 올려 준다.

그렇게 네가 사랑을 먹고 자라는 동안
우리는 사랑하는 법을 배운다.

나의 아버지가 그랬던 것처럼.

위로의
재료들

어느 날 밥 안 먹는 아들을
독려하기 위해 할머니가 물었다.
"5대 영양소가 뭐지?"

똥, 방귀, 오줌 어 그리고…

"더 있지 않아?"

그리고… 모래!

생각해 보면 그것도 중요하긴 하지.

우리 삶을 위로해 주는 재료들은 그렇게 늘 사방에 널려 있다.
다만, 우리가 그렇게 바라보지 않았을 뿐.
행복해서 웃는 게 아니라 웃으면 행복해진다는 말,
그 말이 맞다.

어머니,
어머니

늦은 나이 여기 다시
엄마가 된 한 사람이 있다.

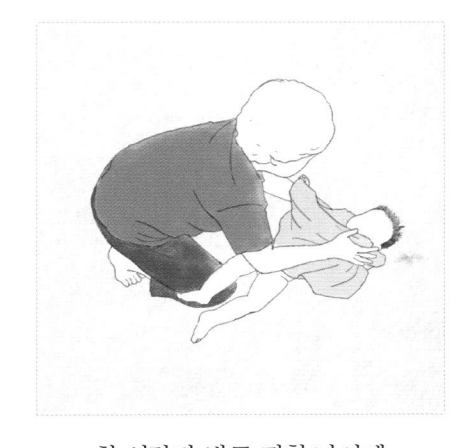

한 시간만 봐도 지칠 나이에
퇴근 후 돌아와 보면
설거지까지 다 해 놓으셨다.

엄마 왔다~

그럼에도 다 큰 딸에게 아들에게
네 기저귀 갈 던 때가 생각난다 하시며
밥은 먹고 왔냐고 물으신다.

잠든 아들의 모습 속에서
여전히 업혀 있는 나를 발견하고 나서야
이제야 조금,
아주 조금 알 것 같은
내
리
사
랑

우리는 모두
그렇게 피어난 꽃.

너의 숨결이
지친 나를
꼭 안아 준다

외출하려고 현관문을 열면 싸고…

그래서 외출 전이면 늘 확인하던 게
엊그제 같은데…

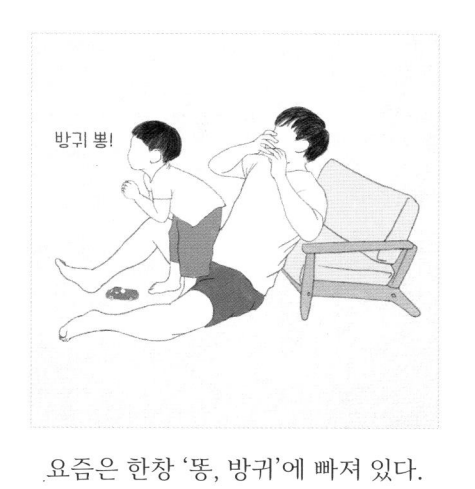

요즘은 한창 '똥, 방귀'에 빠져 있다.

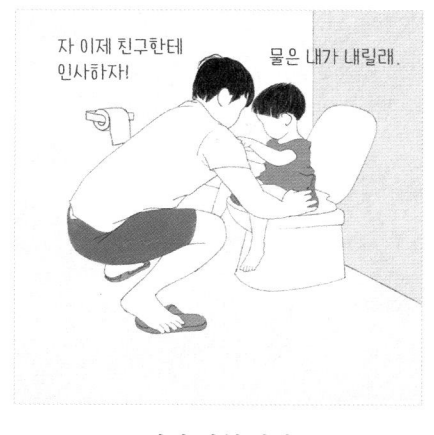

이런 상황에서
언제 또 이런 스킨십을 해 보겠니?

놀기 전에 아빠가 냄새 좀 맡고.

아들을 안을 때마다 느끼게 되지만

너의 작은 숨결이
늘 지친 아빠의 하루를
안아 주고 있다.

그랬던 걸까?
이런 뒷바라지가 못내 그립다는 엄마의 말.

아빠의
대일밴드

야근이 없는 날

체력은 물론 휴대폰까지
모든 것을 충전하고 회사를 나선다.

이번 주는 한 잔도 안 했는데…

저녁을 먹고 들어갈까
잠시 망설이다가도

아니다, 집에 들어가자~!

오늘 있었을 아들의 이야기를 듣기 위해
콩나물시루에 몸을 싣는다.

하지만 현관문을 여니
집에 불이 꺼져 있다.

"오늘 낮잠을 안 자서 방금 잠들었어."

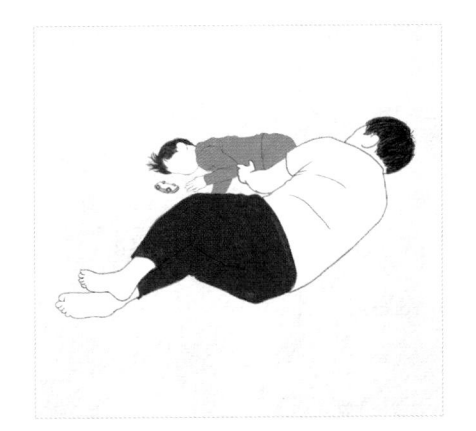

아쉬움에 잠든 아들을 만져 본다.

잠결이겠지만 불현듯 손을 쥐는 아들

그래, 네 손가락이
아빠의 지친 하루를 치유해 주는 대일밴드다.

아이는 때론 내 삶을 치유해 주는 의사다.

사랑해요,
이 한마디에
녹는다

우유라도 마시자.

갑갑해.
벗을래.

옷을 입어야 나가지.

엄마가 치울게.

씻고
이제 자야지.

나 그냥 놀 거야.

그래 그럼, 오늘은 간단히 씻자.

그렇게 힘겹게 마무리되는
늘 반복되는 고단한 일상이지만

"엄마 사랑해요!"

잠들며 무심코 던졌을
아들의 한마디에

늘 준다고 생각하지만
늘 받고 있는

사랑

주는 사랑이
더 행복하다

네 반찬 따로
네 세탁물도 따로
네 보리차도 따로 끓이고

외출할 때 이것저것 챙기다 보면
서둘러도 약속에 늦는 게
일상다반사.

늘 힘들다 힘들다 하면서도

엄마가 되지 않았다면
알 수 있었을까?

받을 때는 몰랐던
주는 사랑의 행복.

사랑해~~

해 보고 싶은 게 많을 때가 있었는데,
지금은 해 주고 싶은 게 너무 많다.

내 머릿속의
지우개

먹이고,
씻기고,
재우고,
설거지하고,
빨래하고,

또 먹이고…

육아의 일상은
쉴 틈 없는 반복.

때론 군 시절
10분간 휴식까지
떠오르지만

까르륵~

그 한 번의 웃음에
피곤은 또 지워진다.

언젠가부터 너와 함께하는 시간들이
손에서 빠져나가는 모래알처럼
아쉽기만 하다.

모든 게
작다

아들이 잠들면
시작되는
엄마의 미션
손톱깎기.

'딸깍딸깍'

아들이 뒤척일 때마다
엄마는 일시 정지.

거실의 TV 볼륨도
동시에 음소거.

손톱 깎는 소리마저
숨 죽이며
'딸깍딸깍'

다가갈수록 보이는 행복.

손톱을 깎고 이를 닦고 코딱지를 파는 것이
우주정거장 도킹만큼이나 어려운 일이다.
행여 아들이 다칠까 늘 긴장감이 돈다.
모든 게 작음으로 인한 이런 수고스러움의 반복은
곧 부부를 한 팀이 되게 한다.

스폰서

[Feat. 아빠]

네가
무슨 생각을 하는지
어떤 길을 갈지
어떤 사람으로 살지

아빠는 모른다.

단지
너의 뒤에서

엄지만
들 거다.

아빠라는
우산

소나기는 꼭
우산이 없을 때 온다.

그렇게 혼자 있으면
크게 신경 쓸 일 없고

그렇게 친구와 있으면
막걸리에 파전인 거고

그렇게 연인과 있으면
뛰어가 비를 피하지만…

지금 너와 있으니
팔이 좀 아프지만

어쩌겠니
네가 감기 걸리는 것보다는
낫지.

그런 게
행복

너의 냄새가 밴 가제수건,
네가 꼭 안고 자던 이불,
첫 단짝이 되어 준 장난감,

하나도 버리지 않고
간직할 거야.

영원히 바래지 않을 곳
부모의 기억 속에.

그런 게 행복.

너와의 모든 순간을 하루하루 저축해 놓고
언젠가 하나씩 하나씩 꺼내 볼 거야.
이런 즐거움이 또 있을까?
생각만 해도 행복해진다.

4

가족,
내 마음이 닿는 곳

오늘도 고단한 몸을 이끌고
출근하는 버스 안에서
지갑 속 버스 카드를 찾다,
문득 만져진 나 어릴 적 가족사진.
그 안에 나는 없고 내 어릴 적 아버지의 얼굴 속에 내가 있었다.
어쩌면 요즘 우리에겐 예전처럼 손에 쥔
가족사진 한 장이 필요할지도 모른다.

어릴 적 내가 어떤 아이였을지 부모님은 기억하고 계실까? 아마도 부모님의 기억 속에서도 어렴풋해서 30년이 지난 지금 떠올리기가 쉽지 않을 것이다. 하지만 그 기억을 찾아내는 방법이 전혀 없는 것은 아니다. 이제 여섯 살이 된 아이의 말과 행동을 가만히 들여다보면, 나도 저 나이쯤 저런 행동을 하지 않았을까 하는 추측을 해 볼 수 있다.

아무리 추워도 이불을 차고 자는 습관이나 유독 겨드랑이를 간지러워 하는 모습이나 뜨거운 것을 한 번 만지면 다시는 만지지 않는 아이의 모습이 나와 많이도 닮았다. 아내도 아내대로 아이에게서 자신의 어릴 적 모습을 순간순간 발견하고 있을 거란 생각이 든다.

가끔은 아이를 보며 너무도 생생하게 내 어릴 적 기억이 살아날 때가 있다. 아이는 음식을 먹을 때 한꺼번에 입에 넣지 않고 한 가지를 삼키고 나서야 또 다른 음식을 입에 넣는데, 그 모습을 보고 있자니 불현듯 어릴 적 한 장면이 생생하게 떠올랐다. 할머니가 라면과 국수를 같이 끓여 주면, 나는 라면이 불더라도 국수 면발을 모조리 걷어 내고 라면을 먼저 먹었다. 저 아래 가라앉아 평소에는 고개를 내밀 것 같지 않던 어린 시절의 나와 여섯 살 나의 아이가 겹쳐지는, 놀라운 경험이었다. 어쩜 당연한 것인지도 모른다. 부모님이 하던 행동들이 내게 옮겨졌을 테고, 나의 행동들이 다시 아이에게로 옮겨졌을 테니 말이다.

할머니도 손주를 보면서도 더 오랜 시간 켜켜이 쌓여 있었을, 기억의 맨 아래 칸에 있던 당신의 어린 시절 모습을 떠올릴 때가 있을 것이다. 서랍 속에 넣어 두었던 이런 기억들은 그리 쉽게 잊혀질 수가 없다.

가족은 그렇게 잊혀질 수 없는 기억들로 연결되어 서로를 확인한다.

어느새,
나 이렇게

쉬고 싶지만 아들과의 주말 일과가 시작되었거나
피곤하지만 청소에 빨래에 바로 잘 수가 없다거나…

하지만 좀 살아 보니 알겠는 건

그냥 하루 세 끼를 함께 챙겨 먹는 주말이 있고
함께 잠들 수 있는 집이 있다는 게

그렇게 평범하게 사는 것도
쉬운 게 아니라는 것.

시간이 지나면서 더 견고해지는 건
그것을 지키기 위한 마음.

그런 마음을 다지며 해가 지기 전에
평범한 상자 속으로 다시 들어간다.

셜록 Home's의
밤

설거지가 가득 찬 걸 보니
낮잠을
짧게 잤나 보군.

요즘 제일 잘 먹는
고등어를 남기다니…
점심을 많이 먹었나?

숟가락이 너무 많은 걸 보니
숟가락 떨어뜨리며
엄말 힘들게 했겠구먼.

늦은 퇴근,
아빠는 그렇게
잠든 아들의 이야기를 듣는다.

도둑고양이

어둠 속에서도 익숙하게
아이의 책과 장난감을 정리한다.

세탁기 안에
엄마가 미처 널지 못한
아들 세탁물을 넌다.

기저귀로 가득한
종량제 봉투를 힘겹게 묶어
버리고 온다.

늦은 퇴근,
이 집의 도둑고양이는
할 일이 많다.

아버지 가방

토요일 아침

조금 일찍 일어난다.
세탁기 버튼만 누르고
청소기 돌리는 데 10분
쓰레기를 버리고
간단한 설거지 후에
다 돌아간 빨래를 널면
끝.

주말이 늘 이러진 않다.

다만 그로 인해
부부 관계는
원만해질 수 있다는 것.

배반의 장미

그냥 스칠 야근 한 번도 원한 적 없어.
기억하렴, 나의 서글픈 모습.
새벽녘까지 잠 못 이루는 날들.
이렇게 후회하는 내 모습이
나도 어리석어 보여.

어디선가 넌 쉽게 말하겠지.
"엄마만 사랑해."

아빠는 언제나 네가 1순위,
너는 내가 안중에도 없는 순위.

닮는다는 것

목욕 후
로션을 바르며
다리 마사지 시작!

허벅지에서 발목으로
다시 허벅지로
발바닥도 빈틈없이

그러다
남편을 닮은
발가락을 보고
혼자 웃고 있다.

직장을 그만두면 뭘 해야 할까?
노후엔 뭐 하며 먹고 살지?
일단은 끝까지 버텨야지.
건물이 있어 세 받으며 살면 좋겠다.
전원주택 짓고 여유롭게 살고 싶다.

지친 직장 생활의 탈출구를 찾는 한 마디 한 마디…
미래를 꿈꾸기 이전에 둘이 함께 좋아하는 게 뭔지를
찾아야 하는 것이 부부가 아닐까?
그렇게 닮아 왔고 그렇게 닮아 갈 테니.

태풍이
지나가고

아들이 열이 심한 밤

어제 너무 차가운 물에 목욕을 시켰나?
환절긴데 잠잘 때 옷을 얇게 입혔나?

꼬리에 꼬리를 무는 아내의 죄책감은
아들의 열이 내려야 사그라들 판이다.

아내는 혹시나 내렸을까
다시 열을 재 본다.

그러곤 열패치를 다시 붙이고
미지근한 물로 몸을 닦는다.

"잘 먹고 잘 자면 금방 낫는 게 또 감기야."
라고 아내를 진정시켜 보지만…

대신 아파 주고 싶은 마음이야
아빠라고 다를까…

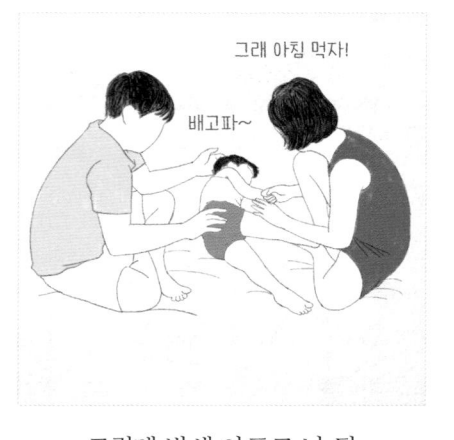

그렇게 밤새 아프고 난 뒤
아들은 더 자란 것 같고

안도의 숨을 몰아쉬는 아내를 보며
내가 아프지 말아야겠다는 생각이 든 건
왜일까?

한차례 태풍이 지나가면
가을바람마저 소중해진다.

아이가 한 번 아프고 나면 아무 일 없는 평범한 일상이 얼마나 소중한가를 깨닫는다.
하지만 그 전에 늘 이런 태풍이 오지 않기를 바라는 게 모든 부모의 마음!

인사

안녕! 예쁜 아가야~
아이고 귀여워라~
귀가 장군감일세~

아들과 함께 손을 잡고 나가면
동네 어르신들이 건네는
한 마디 한 마디…

부끄러우면 뒤로 숨고
기분 좋으면 깔깔대고

아이가 보는 세상의 첫인상에
그렇게 어른들의 바람이 스며든다.

예쁜 아이는 그렇게 자라고 있다.

우리
아빠

어린이집에 아이를 데리러 가는 날
교실 문을 열고 내 아이를 찾는다.

한 무리의 아이들이 달려오며
나의 이름을 부른다.

친구의 아빠 이름을 안다며
자랑하는 아이들
심지어 우리 아빠란다.

안전한 마을은
CCTV가 많은 곳이 아닌
서로를 알아주는
우리 아이들이 많이 있는 마을이다.

간혹 수영장에서 똑같은 수영복을 입은 사람을 만나게 되면 괜시리 피하게 된다.
하지만 상대방이 몸이 좋다거나 누가 봐도 주목받을 외모를 지니고 있다면
세상 쓸데 없는 감정이입을 하기도 한다. 아이들은 더더욱 무슨 옷을 입었던 간에,
그 시간 엄마도 아닌 할머니도 아닌 아빠가 왔다는 사실 하나만으로도,
실상은 내가 그 아이들의 아빠가 아니더라도 아빠에 대한 그리움을 뿜어낸다.
아이들이 진심으로 외치는 마음의 소리가 들리는 것 같았다.

내가 할게,
이 한마디면
다 괜찮아

"아참, 가스불은 끄고 나왔나?"

"아차, 아들 보리차를 놓고 나왔어."

"빨래 널고 외출하는 걸 깜빡하다니…"

"세탁소에서 옷 찾아와야 하는데…"

신경을 써도 여유가 없다면
실수가 계속되는 건 누구나 마찬가지.

"이건 내가 할게."
어쩌면 그 한마디가 필요했던 순간들.

내게도 온전히
나만의 시간이 필요한 만큼
아내에게도 혼자만의 시간이
필요했던 것.

서로에게 시간을 선물할수록
따뜻해지는 겨울.

나는 육아 휴직 기간 동안 아내만의 시간이 많아질수록
서로 정신없어질 일이 많이 준다는 걸 알게 되었다.
서로에게 시간을 선물하는 것도 따뜻한 시간을 만드는 방법일 듯하다.
#아내를 위한 시간 #가장 듣고 싶은 말, "내가 할게."

반기지 않는
손님

나이가 들수록
숨기는 게 많아진다.

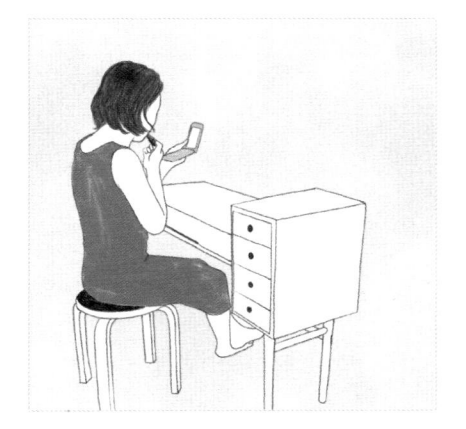

주름이 그렇고
흰머리가 그렇다.

뽑으면 더 난다던데…

그 과정을
지켜보는 것은

아빠 뭘 그리 보고 있어?
거실에서 나랑 놀자!

어… 그럴까?

충분히 사기를 저하시킬 수 있는
곤혹스러운 일이다.

그래서일까?

아내의 뒷모습에서
흰머리를 발견했을 땐

모르는 체 넘어가게 된다.

언젠가부터는 20년 뒤 아들의 모습도 궁금하지만
아내 모습이, 또 내 모습이 어떻게 변해 있을지 궁금하기도 하다.
#함께 늙는다는 것

아내의
식사

왜 이렇게
살이 안 빠지지?

너무 마르면
오히려 보기 안 좋아~

아내는 끼니를 거르거나
소식을 하면서
늘 다이어트를 해야 한다고 한다.

그리고
몸무게가 줄지 않는 것에
스트레스를 받는다.
하지만…

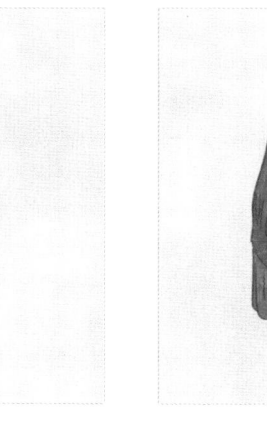

아보카도는
그냥 먹어도 맛있어.

요리를 하며 재료를 썰다가도 먹고,

좀 짠가…?

간을 보면서도 먹고,

이거 한우
사 온 거 맞지?

큰 맘 먹고 산 아들 반찬에 들어간
한우 재료가 아까워서 먹고,

엄마도 같이 먹자!

아들이 주는데 안 먹을 수가 없고,

아들이 먹다 남긴 우유도
라떼를 만들어 마시고,

치맥이 당기는 밤은
당연히 맥주와 함께여야 하고…

그러고 다시 끼니때가 되면
밥알을 고르며 말한다.
"왜 이렇게 살이 안 빠지지…?"

아내의
입학 준비

실내화,
연필 10자루,
지우개…

유치원 입학 준비물을 챙기느라
안내장을 꼼꼼히 읽어 본다.

뚜껑 달린 식판도 사야 하고,
물통도 바꾸려고 하는데,
왜 이렇게 다
솔드아웃인지…

늦은 밤 인터넷으로 주문을 하며
하나라도 빠뜨릴까 봐 노심초사다.

이제 이름표는 다 붙였네~

결국 늦은 주문으로
몇 개가 도착하지 않았다.

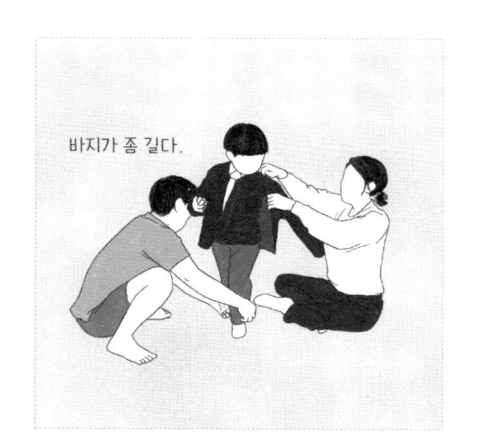

첫날부터 늦으면 안 된다는 생각에
조금 일찍 아들을 깨운다.

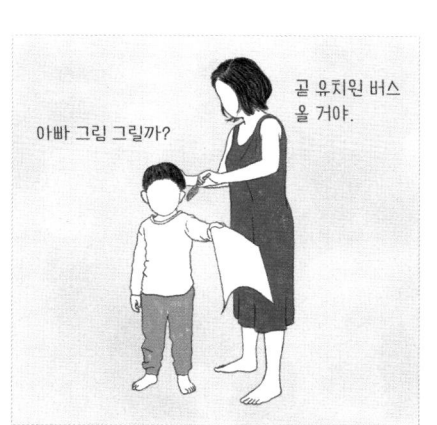

아빠 그림 그릴까?

곧 유치원 버스
올 거야.

준비물은 빠짐없이 챙겼나?

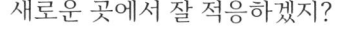

바지가 좀 길다.

새로운 곳에서 잘 적응하겠지?

안 되겠다.
단을 좀 줄여야겠어.

바짓단 접어 올리듯
걱정을 들키지 않게 접어 넣는다.

아직 좀 쌀쌀하니
목도리 하자.

'아이의 도시락을
대충 싸는 엄마는 없다.'는 말처럼

엄마가
입학하는 것 같다.

아들의 시작 뒤엔 항상
보이지 않는 엄마의 정성이 있다.

유치원
전화

함께 퇴근하는 길
유치원에서 전화가 왔다.
아내는 갑자기 초조해진다.

왜? 또?
무슨 일이지?

혹시 아이가 다쳤나?
친구를 다치게 했나?
준비물 안 챙겨 간 게 있었나?

"별일 아닐 거야."
내 말은 들은 체 만 체
통화 버튼을 누른다.

"어머니 유치원인데요…"
상담 일자를 잡자는 전화였다.

오늘은 아내가 좋아하는
떡볶이를 먹고 들어가야겠다.

소유욕

유치원 담임 선생님이
오늘 있었던 작은 에피소드를
전해 주셨다.

체육 시간에 실내화를 벗어 두고
실내 활동을 했는데,

베프의 신발 옆에
다른 친구의 신발이 놓여 있어
아이가 살며시 그 신발을 치우고
자기 신발을 놓았다.

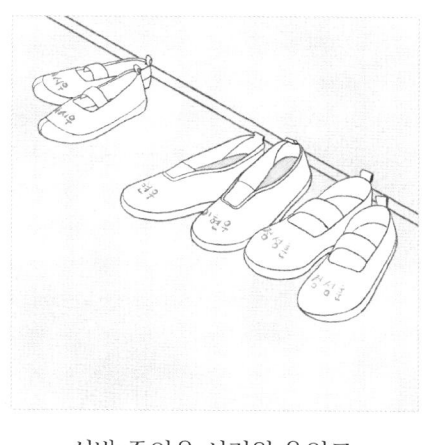

신발 주인은 서러워 울었고,
아이는 신발 주인에게 사과했다고 한다.

베프에게 친한 친구가 늘어나는 게
못내 서운했었나 보다.

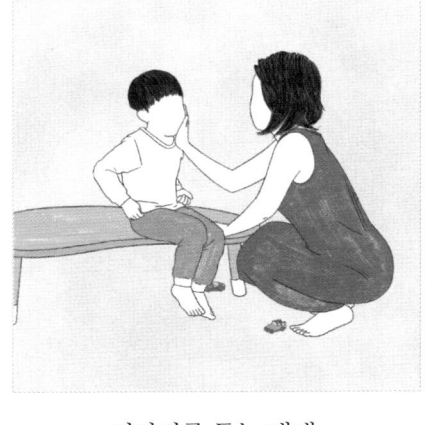

이야기를 듣는 내내,
내가 모르는 아이의 모습이 그려져
실소가 터지면서도
안쓰러운 마음이 교차했다.

아내는 혹시나 아이가 이야기해 줄까
이것저것 물어본다.

아내는 끝내 원하는 대답을 듣지 못했고
아이를 걱정하는 마음을 뒤로 하고
아이를 꼭 안아 준다.

아이가 자라는 속도만큼
아내의 따스함도 더 깊어지고 있다.

긴 연휴,
가족이 깊어진다

언제나 그렇듯 연휴가 시작되는 아침,
첫 단추를 잘 끼워야 했거늘

왜 그랬을까?
오랜만의 집 안 청소로 뜻하지 않게
예민하게 시작되는 연휴 아침.

"수건 쓰고 나면 빨래통에
넣어 줄래?"

"설거지 넣을 땐 물을 좀 뿌려 놓자."

"양말 좀 뒤집어 벗지 않았음 좋겠는데."

이 얘긴 안 하려 했는데…

"치약 좀 중간부터 짜지 말자."

그런 와중에 던진 이 한마디는
핵폭탄이 되고 만다.

하지만 정해진 수순이랄까?
아들이 깨고 나면 상황은
다시 원점으로 돌아간다.

밀물처럼 그림자가 밀려오다가도
썰물처럼 그렇게 다시 빠져나간다.

또 한 번 가을이 무르익으면서
가족이란 이름도 더 깊어진다.

보통의 가족

가족이 되기 위해 처음부터 완벽하게 준비한 부부는 없다. 행여 완벽한 준비가 된 부부가 있다 한들 시행착오 없이 아이를 키우는 것에 어떤 의미가 있을까? 행복이란 완벽히 예측된 결과라기보다는 예상치 못한 실수와 사건, 그리고 기뻐해야 할 일들이 겹겹이 쌓여 있는 모습일 수도 있겠다.

가족이 되고 나서 6년! 훈훈했던 추억이라 말할 수 있지만, 다시 돌아가기는 조금 망설여지는 기억! 아이의 삶이 다듬어져 가는 기간이면서, 아내는 엄마로 성장해 가고, 나는 아빠로 자라는 과정이었다. 그렇게 빈 도화지에 아이와 함께 부모라는 크레파스로 밑그림부터 시작해 하나하나 채색하며 그림들을 그려 가고 있는 과정이었다.

자식의 성장 과정에서 부부의 관계도 함께 성장한다는 것을 서로 인지하게 된 것은 큰 수확이 아닐까 싶다. 서로의 삶을 들여다보고, 이해하고, 서로의 등을 토닥여 주기까지 꽤 오랜 시간이 걸렸고, 지금도 계속 진행형이다. 시간과 공간을 함께하면서 가족의 유대감과 결속력이 더 단단해졌다고 생각한다. 그렇게 가족이란 끈끈함이 익어 가는 과정을 아이가 우리와 함께 겪었기 때문에 아이가 더 단단하게 성장할 거라고 믿고 싶다.

부부가 살아가는 삶은 아이의 성장과 함께한다. 언젠가 아이가 지금의 나처럼 아빠가 되어 빈 도화지 앞에 크레파스를 들고 섰을 때, 시대가 다르니 크레파스보다 더 좋은 미술 도구를 들고 있을지 모르겠지만, 가족이 함께 살아온 기억을 토대로 그림을 그리지 않을까 싶다.

그때 아들아, 아빠가 한 가지 바라는 것이 있다면 가족을 혼자 그리지 않았으면 좋겠구나. 그 넓은 도화지에 혼자 그림을 그릴 게 아니라, 가족이 함께 그려야 의미가 있고 행복한 추억으로 남을 거야.

그래야 가족이 살아가는 힘이 된단다.

작품 게재를 허락해 주신

daisyday777 님, Joo Yeon Park 님, plusryu21 님, ssunny_crong 님, sseolming 님,
데일리 님, mina.kang.507 님, 이신아 님, oseparissnap 님 고맙습니다.

완벽하게
사랑하는
너에게

뻔하지만 이 말밖엔

초판 1쇄 발행 2018년 5월 4일
초판 15쇄 발행 2022년 6월 27일

지은이 심재원(그림에다)
펴낸이 이승현

편집3 본부장 최순영
어린이 문학 팀장 박현숙
디자인 Studio Marzan 김성미

펴낸곳 ㈜위즈덤하우스 **출판등록** 2000년 5월 23일 제13-1071호
주소 서울특별시 마포구 양화로 19 합정오피스빌딩 17층
전화 02) 2179-5600
홈페이지 www.wisdomhouse.co.kr **전자우편** kids@wisdomhouse.co.kr

ⓒ심재원(그림에다), 2018

값 13,000원

ISBN 979-11-6220-580-8 03810